KB215272

살아 있다

송근주 제3시집

시음사
시사랑음악사랑

시인의 말

　"사랑"이라는 말은 진리이고 그리움의 원천입니다.
모든 것은 사랑으로부터 시작해서 사랑으로 끝난다고
생각하고 있습니다. 나로부터의 사랑은 태어남입니
다. 육체적인 사랑은 어머니의 뱃속에서 10달의 사랑
을 받았습니다. 태어나서는 환경이 나에게 사랑을 주
었습니다. 죽어서는 자연으로 돌아갑니다. 자연의 품
에 안기는 사랑은 누구에게나 공평합니다. 뱃속의 사
랑은 하느님의 은혜를 받았습니다. 환경으로의 사랑
은 모든 것들로부터 삶의 생명력을 존중받는 혜택을
누리게 했습니다. 내가 살아 있다는 존재감을 알 수
있습니다. 자연의 품으로 돌아가는 모두에게 똑같은
삶과 영혼의 영원함을 공평하게 베풀어 주었습니다.

　"은혜" 돌려주어야 합니다. "공평", "정의" 갚아야
합니다. 우리에게 남겨진 유산 후대에 아픔으로 돌려
준다면 우리의 빚은 청산되지 않습니다. 신인류의 탄
생이 언제부터였습니까. 원시인류인 유인원들은 배만
부르면 만족하고 있습니다. 지금도 유인원으로 생존
하고 있고, 원시부족사회를 사는 민족이 현재도 살아
가고 있습니다. 현대화라는 이름 아래 사회의 급속한
변화 기계적인 문명의 발달이 인류의 안식처라 하는
지구별을 파괴하고 있습니다. 그것은 사랑과 멀찌감
치 따로 떨어져 있는 심성에서 비롯되었습니다. 그리
움의 대상이 되어가고 있습니다. 그리움 추억을 간직
하고 사는 사람은 생명을 잉태하고 탄생시키며 성장

하도록 합니다. 점점 수명은 늘어나고 인류의 환경 파괴적 살육행위가 도마 위에 올라와 있습니다. 가치를 생명 존중에 두어야 하지만 권력, 자본, 명예 등에 두고 있습니다. 실질적인 배고픔 고통에서 본능적인 행위는 실천하지 않고 있는 것입니다.

"그리움"은 "사랑"입니다. 우리의 가치를 어디에서 찾는 것이 바람직할까? 고민해 보았습니다. 사랑 그리고 그리움에서 첫 삽을 뜨기로 하였습니다. 그냥 사는 것도 내 삶을 내 인생을 살아가는 데는 지장이 없습니다. 그러나 나는 그냥 살지는 않겠습니다. 오욕 칠정을 부둥켜안고 참 삶의 가치를 살겠습니다. 인간의 본성과 이성을 덕목으로 삼아 참 인생을 살고자 하는 길을 선택하기로 했습니다. 그냥 살지 말자 목표를 가지고 있으니 내가 정한 목표대로 사람의 도리와 인륜을 추구하는 인생길을 선택하기로 하였습니다.

시인 송근주

* 목차 *

* 목차 *

* 목차 *

* 목차 *

QR코드 스마트폰으로 QR 코드를 스캔하면 시낭송을 감상할 수 있습니다 본문 시낭송 감상하기

 제목 : 묻는 시
시낭송 : 박영애

 제목 : 서설
시낭송 : 박영애

 제목 : 내가 가야 할 곳
시낭송 : 최명자

 제목 : 자화상
시낭송 : 박영애

시인은 자연을 이야기하고 시낭송가는 자연을 품었다
글자는 날개를 달아 언어로 날고 소리는 자연에 눕는다

약속을 했어

나는 아들과
약속을 했어
작가가 된다고
시인이 된다고

꿈을 갖고 있다고
그 꿈을
이룰 거라고
약속을 했어

아들은 아빠를 몰라
아빠도 아들을 몰라
개성이 있고
타고난 본성이 있어

삶의 방식이 있고
개성이 달라
닮아 가기는 하겠지
보고 배운 게 있으니

벗이

뜬금없이 날아온
개톡에 당황하였지
그럴 수밖에 없다

내가 수십 년간 잊고 지낸
어릴 적 벗이
내가 추억 속에
숨은그림찾기 하던 친구다

전선을 타고
전자 신호로
옛 추억을 돌아오게 하였다

간절히 간곡히 보고 싶던
내 친구 이름이 낯익고
얼굴이 보인다

사람을 그리워하는

찾았다 찾고자 했다
나와 함께 어울리고 있던 사람들
바라지 말고 그냥 살자는
"찾아뵙겠습니다" 하고 있다

기억된다
"고맙습니다"
떠날 내가 살면서 생각해 보는 사람들
남아있기를 바랄 뿐이다

누가 봐도 내가 드릴 기쁨의 선물
받은 적이 있다
싸워야만 전쟁이 아니기에
싸움 없는 전쟁터라 하는 마음이 있다

사람을 그리워하는
마음 채우고 있습니까
내가 드릴 선물
받으신 거예요

10

보세요

"반갑습니다"

누가 봐도

삶을 다할 때까지

땅에서 가장 아름다운 관계를

지속하고 싶어 합니다

사람을 그리워하는 것입니다

사랑을 쫓고 쫓아다니는 것입니다

아리랑

아리랑 같은 공감이 가는
소름이 돋는 노랫말 만들고 싶다
단순하면서
단조로우면서
마음속 깊은 곳까지
울리는 떨림 아리랑 아리랑 아라리요

내면의 소리
어떤 거야
왜? 소름이 끼치는데
어디까지 가야
진정코 떠나지 않고 가는 거야 아리랑 아리랑 아라리요

고개는 왜?
넘어야 하는데
고개를 넘으면
무엇을 찾을 수 있는데 아리랑 아리랑 아라리요

왜? 라는 질문
왜? 라는 의문
덩어리로 뭉쳐
가슴에 울려오는 아리랑 아리랑 아라리요

묻는 시

묻는 시 쓰려 한다
모르는 게 많으니
알고 있다 못한다
왜? 라고 물어봐도

많이 몰라
영가를 불러재끼고
영혼이 꿈틀거리는
영감에 의탁한다

생명을 다할 때까지
땅에서의 아름다움
하늘에서의 모든 것에
많은 물음을 가진다

그냥 살아 말아
일상의 모두는
내게 관찰의 대상이고
내게 영감을 준다

나는
사랑을 대상 삼아
사랑 시를 쓰고
묻는 시를 쓴다

제목 : 묻는 시
시낭송 : 박영애
스마트폰으로 QR 코드를 스캔하면
시낭송을 감상할 수 있습니다

사랑이 있으면

내게 힘을 줄 수 있는 것은 무엇일까
내가 남에게 해 줄 수 있는 능력이 있을 때 아닐까
마음으로 해 줄 수 있기를 바라면 되나

일상에서 관계를 맺고
신비한 영감을 얻었을 때
내가 사랑으로 받아들이면
그게 시가 되는 걸 알까

글자에 의미를 담는다고
시가 되는가
운율이 들어가면
시가 되는가
관찰하고 영감을 얻으면
그게 사랑이라면
시가 되는가

일상에서 바라보는 모든 것이
사랑이 있고
운율이 있으면
시가 되지 않을까
사랑이 있으면 모두 시가 아닐까

찬조금

내가 드릴 선물 찬조금
후원금으로 해야 하는데
형편이 넉넉지 못합니다

통상적으로 찬조금 보내던 곳
xx은행 계좌로 입금했습니다
만나서 얼굴 보고 싶었어요

만나지 못하고 발길을 돌리네요
나는 희곡을 목표로 하고 있어요
목적은 글을 쓰지요

열정적으로 사는 내 친구
응원할게요
연극 공연 축하드려요

퇴고

퇴고를 해야 하는데
수시로 퇴고를 해야 하는데
천번 만번
퇴고를 해야 하는데

시인 윤동주는 천 번을 고쳤다
작가 최인훈은 책 낼 때마다 다시 썼다
소설가 최인훈은 광장을 퇴고하고
시인 윤동주는 원고를 찢었다

목을 졸라

S 목사님의 예수님 탄생 설교 듣게 되어 영광입니다
S 목사님 YJ한테 얘기했지만
왜? 사람들이 기분 나쁜 신체 접촉을 할까
별것도 아닌 사소한 것으로
나를 죽이려 했다

목을 졸라서 죽다 살아났다
임플란트하고 치아 한 개 뺏는데
휴게 시간 끝나고 일어나니
피가 입술에 말라붙어있는 거야
이게 사람을 죽일 수도 있는 일탈 행동인데

고소하려고 한다
그런데 현행법이 증거나 목격자 진술이 필요한데
증거는 없고 목격자 진술은 회피한다
S 목사님 용서가 사람은 못 하잖아
하느님은 용서하고 사랑하지만

모상은 하느님 모습이고
숨결을 부여받았지만
하는 짓거리들은 금수만도 못하잖아
나 어떡해

관계

땅에서 가장 아름다운 관계
사방팔방 사랑받고 사랑 주는
하늘에서 가장 예쁜 사랑하는 관계

사람이 사람을 그리워하는 관계
죽을 만큼 보고 싶어하는 마음 주는
아름다움 덧칠하는 그리운 관계

색동옷 입어 빛나는 관계
사람 냄새에 둘러싸여 향기 나는
사람들 사이에 있는 추억 깃든 관계

살기 위해 먹어야 하는 관계
살아있기에 잘 먹어야 건강 받는
살아있다는 숨결 느끼는 관계

좋아

왜? 라고
질문을 던졌어
그냥 좋아
좋아서 좋아 죽어

이쁘다 하니
좋아
좋은 게 좋은 거야
싫은 게 없어 좋아

내 의지와 무관하게
좋아
기력이 자꾸 떨어져도
그냥 좋아

힘들어도
좋아
내색하지 않고
감사하니 좋아

말을 하는 마음

현실감을 느끼는
감정 표현
배우고 익혀
건강한 영혼의 얼굴로
말을 하는 마음

작성해 가는 과정
비대면 온라인으로부터
배우고 익혀
몸은 나의 의지대로
말을 하는 미음

배워서 고쳐가는
자유로운 영혼이 되어
배우고 익혀
몸과 마음 힘을 내어
말을 하는 마음

힘내세요

힘내세요
힘을 내고자 합니다
힘을 합쳐 내고자 합니다
예 예 알겠습니다
감사합니다
떠나지 않다 보니
힘이 드네요
깜박깜박 떠올랐다 말다 합니다

힘내세요
우리 연락하고 지낼 수 있는
모임이라도 유지하기를
원래 바라고 있었기에
지금이 있습니다

만나서 얼굴 보고
밥 먹는 식구 했지요
나 밥 먹는 식구 해야지
우리 연락하고 지낼
나이가 되었습니다

힘내세요
우리 친구들 얼굴 봐야지
힘이 부쳐 기력이 부족하면서도
아 잊을만하면
후회라는 메모 적는다

바람이 알아

맨날 불어라 외치고 있는데
얼만큼 불어야 멈출 수 있지
태풍도 멈추게 못 하면서

하늘과 땅을 멈추게 주춤거리게 하는
맨날 불어라 불어라 외치고 불러도
바람은 어디에 있는 거지

하늘 땅에 멈추지 않고 있지
불어오는 바람
멈추어 주춤거려야 마땅한 거야

하고 싶은 대로
가고 싶은 대로
멈추든 불든 바람이 알아

한국 호랑이

호랑이 무섭다
아기호랑이 귀엽다
한국호랑이 시베리아 벌판을 뛰어다닌다

아니다 어슬렁거린다
사냥할 때나
빠르게 달린다

먹이 이동 길 지날 때만
빠르게 달린다
느려 터진 호랑이

게을러서 그런 거 아니다
포효하는 힘을 상징하고 있다
앞발을 들고 뒷발로 버텨서고

대륙을 향해 울부짖고 있다
유라시아 대륙을
한국 호랑이가 먹고 있다

돈

가깝네요
내가 수신 수양 수행이 부족한 점이 있어
꿈이라 한들
사람 냄새 향기 그립거든요

사랑하고 사랑하며 살자
내가 살면서 생각해 보면
올바른 길을 어떻게 살아야 하고
무엇을 추구하며 살아가야 하는지

지금 왜 살고 살고자 하는지
말해 줘
어디서 찾아볼까
착하게 살자 하는 비법

사람들이
외로움을 달래 주리라 알았는데
왜? 라는 물음만
자꾸 떠오르는지

왜? 라고 답을 해봐
돈 있으면 자식이고
돈 없으면 자식 아닌 거 맞는 것 같습니다
돈 없으면 부모 아닌 것 맞는 것 같습니다

색 입히기

색을 입혀
옷을 입히는 거야
색을 칠해
장식을 다는 거야

색을 입히고
색을 칠하고
옷을 입고 장식을 달고
화려하고 예쁘게 돼

옷이 날개라고 해
색을 입히고
색칠을 잘해 봐
날개를 색깔에서 찾아

못 찾으면 꾀꼬리라도 불러내
못 찾겠다 꾀꼬리
술래놀이라도 하면
색깔을 볼 수 있어

웃지 못하는

걸어간다
달려간다
엉금엉금
납작 엎어졌다

땅바닥을
온몸으로 박박 닦는다
훈련이라 한다
포복절도한다

땅바닥에
바짝 엎드려
웃지 못하는
포복절도한다

뛰어간다
기어 온다
땅바닥에
납작 엎어졌다

큰 낭패

자기 나 좋아
나 자기 좋은데
말은 뻔지르르하게 하고 있네
속내는 모르지만
어찌 됐든
겉모양새는
그럭저럭 맘에 든다

껍질 껍데기는
그럴듯해도
알맹이 없는
씨앗이라고
실속 없이 허세만 부리면
낭패로다
큰 낭패를 맞을 것이다

도깨비 얼굴

밤 터는 남자
밤 까는 여자

봄 여름 가을 밤 열매 낳고
겨울 밤 열매 숨어있어 못 찾고

별 밤에 눈이 내려 반짝이면
밤 열매 도깨비가 던져 주겠지

도깨비 닮은 얼굴
밤 열매가 도깨비 얼굴 같아

새벽

새벽이다 신 새벽이다
새로이 맞이하는 새벽이다
늘 같은 자리를 맴돌고 있는데 새롭다

똑같은데 새롭다
새롭다 하기에 다시 새벽을 본다
새롭구나 새벽이 다시 온 것인가

있던 자리에 멈추어 있는 것인가
복잡하게 느낀다는 것 아니다
에라 모르겠다

이건 아닌 게 맞을 것 같다
무언가를 확신한다는 것
자존감을 꼿꼿하게 세우는 거다

이분법

사는 거 죽는 거 욕망 욕심 욕구
능청 능욕 능멸 살고 있는 거

죽는 거 사는 거 죽지 않고 사는 법
살아 지내며 죽어지내는 법

이분법 양분법 양괄식으로
입맛대로 먹을 수 없어 입 닥치고 나가

코로나 - 19 변형

싸돌아다니고 있다
길 잃고 배회하고 돌고 방황하고
그래도 또 싸돌아다니고 있다
누가 왜 코로나 - 19 변형이

돌아다닐 데가 너무 많아 좋단다
지구는 기본으로 돌고 있다
대기권 밖으로는 못 나간단다
살 방안이 없고 싸돌아다닌들 먹을 것이 없다

지구별은 먹을 게 많아 좋다
사람들 몸에 안길 수 있어 좋다
사람들이 나를 태어나게 했다

화병

그냥 확
부숴버려
화가 치밀어 올라
부아가 끓어올라
화병이려니 하고
엎어버려

내 성질 죽었다
왕년엔
안 그랬는데
주름살이 늘어난 만큼
화를 불러일으키는 부아는
수그러들었다

그날 이후
나에게는
버릇이 생겼다
화가 머리 꼭대기에
올라오면
나는 화를 내지 않고

화를 참고
가만히 눈을 감고
발바닥 발가락에서
머리 꼭대기 정수리까지
온 신경을 쓰다가 말다가
명상이다

붓

짧게 선을 그어보아
이제 두 번째는 조금 길게 선을 긋고
선 긋기 연습을 한다
그런데 선을 긋고 있는 게 연필 볼펜 만년필 아니다
그냥 붓이다

선을 그을 때마다 뿌려지는 선
날카롭기도 하고 부드럽기도 하며
두껍고 가느다란 선을 이어간다
이어가는 듯하다 끊어지기도 하더니
붓끝을 털고 있다

아름답게 늙었다

나를 노인이 되었다고 하였을 때
아름답게 늙었다고 하는 말을 듣고 싶다면
내가 어떻게 노인의 삶을
살게 되어왔는지 알아볼 필요가 있다

내가 지나 온 과거의 기억들 중에서
내가 아닌 저 사람에 대해서
어떻게 볼 것인가
저 사람에 대해서 뭘 본 것인가를 통해서
나를 찾아볼 수 있다

내가 상대방을 통해서
명상을 한다고 한다면
내가 명상을 하는 것이 아니라
상대방이 명상을 하는 것이다

친절

말은 말투를 보이는 것이다
표정과 억양을 통해서
나의 마음을 표현한다

볼펜을 물고
얼굴 근육을 단련한다
근육이 가장 많이 모여있는 곳 얼굴이다

입은 억양을 조율한다
입술 혀 그것은 그만큼 근육이
오밀조밀 많이 모여 있다

뭉쳐있는 근육을 풀어주자
마음이 성찰한다
반성은 빠르고 정도의 척도가 된다

신체에서 가장 중요한 부위 얼굴이다
얼굴 근육 표정으로 변한다
근육 표정에 친절이 있다

서설

가시 있는 눈이 찾아와
슬픔 가시지 않고 통곡해
시린 가슴 저며오네
보고 싶은 마음 가시질 않아
사진을 볼까
그리운 사람
외로움을 달래줄
보고 싶은
그리운 사람
슬픔은 가시지 않고
사는 것이 좋을까
나는 하늘 땅 돼 있어
죽는 것이 좋을까
인연눈 사랑눈 돼 있어
정말 많이 고마워
눈은 사랑을 주고
너만을 기억하지
눈이 하는 말 사랑해
너만을 사랑하지만
그리움만큼은 아냐

 제목 : 서설
시낭송 : 박영애
스마트폰으로 QR 코드를 스캔하면
시낭송을 감상할 수 있습니다

36

서울 눈

서울에 오시는
눈이기에 엎드려 절한다
에워싸고 있는 서울성 위에
서울 눈 내린다

이곳에 있는 현대문화백화점을
눈이 알리는 없다
빠르고 빨리 움직이는
사람들의 발걸음으로 바쁘다

눈이 오시면
알아서 오시면
그리움이 쌓인 인연눈
사랑눈으로 기억된다

사랑하면 내 몸을

눈물을 흘려도 슬픔이 가시지 않는
그리움은 채워지지 못한 그리움
만남을 쫓아가면 안 만나고

권력 명예 돈이 추격자 되어
나를 쫓아와요 붙잡히면 더 좋아요
부러운가요
내가 잡히면 행복할 거 같아서
천부당만부당한 말이라고
그리워할 거 없다네요

잘 먹고 잘 자고 움직이라고
친절하게 박수를 치네요
그리워질 때가 있을 거라고
웃음 사랑 감사하면
그리움이 사라지나요
내 몸을 사랑하면
가까운 사람을 사랑하면

도움

타이밍을 놓치면 의미가 없으므로
때를 놓치지 않게 도와주는 것이다

해

달구어진 붉은 달아오름이다
햇살로 눈 부시고 부드럽다
선명한 투명성이 유리구슬 같다
영롱하게 반짝이며 달구고 있다

사랑 그리움

인연은 사랑이기에
그립거든
사랑하고 사랑하며
사는 길을 말해주네

인연 어디서 오는 거니
사랑하고
그립고 그리운
사연이라 하네

인연 연습하는 사랑
그리움 연습하는 사랑
사랑 연습만 하는 그리움
하늘 땅에 모래사장 만드네

사람과 사람이 만나 인연의 사랑 되고
하늘과 땅이 사람과 만나 사랑하는 그리움 된다
산과 바다가 맞닿은 그림 되어
그리움에 사랑 널뛰기하네

학력 날조

제일 큰 거짓말은
학력 날조입니다
국민학교 나온 게 죄인가요
공부하고 국가자격증 취득하면 돼요
거짓말을 남겨주셨네요
오히려 자식 욕되게 하시고 계십니다

왜 삶을 떳떳하고 당당하게
살려 하지 않고
그늘에 숨어
큰소리치고 있으려 하는지
떳떳하다면 거짓 유산을
기록으로 보존하는 것이 좋을까요

돈에 살고 돈에 죽고

인간이 살아가는 세상에서
돈으로 가치를 따지고 있지요
가치 있고 소중한 것이
가까이 있다는 걸 모르는 게 아니라
모른척하기에 그렇지요

돈에 살고 돈에 죽고
미련 허물 아쉬움 안타까움
말로 형용할 수 없지요
사실은 시간이 지나면 밝혀집니다
거짓은 시간이 지나면 들통날 것입니다

시간은 평등하고
누구에게나 똑같이 나누어 준 시간
돈이 찾아오게 하면 되는데
돈을 쫓다보니
돈에 살고 돈에 죽지요

사람이 추구하는 가치가
돈이 되었어요
돌고 돌아 돌아오는
돈이라네요
돈에 살고 돈에 죽고
돈을 쫓아 다니고 쫓겨 다니고

전화

지금 집 가는 길
집 가는 걸까

아 잊을만하면 집에 전화해라
아 잊을만하면 전화 받아라

전화도 안 하네
문자로 교신을 하고 있어

조용하다 지하철
집 가는 길

전화해라 전화 받아라
집 가고 있다

그렇군

헤어샵 가위 날 시퍼렇다
날이 왜 시퍼래
멍들어서
칼날도 멍드는 거야
그렇군

멍들면 퍼래져
그렇군

아픔을 즐기는 거야
아픔을 알면 알수록
아 잊을만하면
후회라는 말이
그렇군

정년퇴직

미루다 보면
다 하는 정년퇴직
아무나 하는 것 못해요

어디서나 나눔 생각하세요
어디서나 베풂 생각하세요
어디서나 배려 생각하세요
어디서나 사랑 생각하세요

다 하는 정년퇴직
미루다 보면
누구나 하는 것 못해요

사람의 아들

하늘과 땅과 사랑에 빠진 것입니다
반드시 제가 사람의 아들이라면

사진

그림이 아닌 사진은
사진기로 찍은 거고
사진은
사진사가 찍은 거다

닮았다
똑같아 보일 뿐이지
숨 쉬는
신비가 똑같다

보고 싶다

보고 싶다
사람을 보고 싶지
떠났다는데
이제 만났습니다

떠나갔습니다
비워지지 않는 그리움으로
그리움 사라졌다

사람을 그리워하는 마음
외로움에 젖어 있을 때
보고 싶어진다

그립다 외로움이지
보고 싶다
사람을 보고 싶다

죽자 살자

죽자는
너 보고 사는 거고
살자는
눈치껏 사는 거야

타인 눈을
의식할 필요 없어
살아가기 위해서

이기적으로
자신마저도
섬 안에 가두어 둔다

그냥 야인으로
야들야들하게
삐리삐리하게 살아간다

나이가 들면

나이가 들면
아는 게 많을 줄 알았는데

왜?
아직 모르는 게 많아지지
비우고 비워도
비워지지 않고
채워야 하고

채우려고 하는
욕심이
앞서기에 그렇다고 할까
살면서 생각해 보면
이렇게 끝도 없다
하나를 선택 하고
충분한 줄 알았는데

왜? 아직도 꿈을 꾸니
살면서 생각해 보면
이렇게 끝도 없다

같아

호올짝 호올짝 날아가
하늘 위로 날아가
땅밑에 땅밑으로 기어와
땅이야 땅 위 땅 아래
받아줘 땅바닥 받아주는 땅이야
같아

올라와 사람 위 사람 아래도 있지
그래 사람 밟고 올라와
내려가 올라왔으면 내려가
볼 거 없거나 볼 거 있으나
같아

오르고 내리고
방향만 다르지
가 이제 어여 내려가
서두르지는 말아
가는 길 같아도
가는 길 달라도
시간 다르지 않아
순행하고 역행하고
같아

길

건강하라라며
감사하라라며
사랑하라라며

몇 달을 끙끙거리며
몇 날을 꿍꿍거리며
명일을 기다렸다며

인생 뭐 있어
사는 게 뭐야
그냥 조오타

가만히 두어봐
조용해 숨죽여
세월이 지나가

우리네 인생 길 떠나봐
우리네 삶의 길 달려가
우리네 여행 길 도착해

두렁 태우기

화들짝 호롱불이냐
불러들이는 거지
따스하더라 하면서

불과 들이 만났어
불놀이하겠다
들판에 불꽃이 튀고

하늘을 연기로 가리고
구름이나 연기가 똑같아
구름이야 언기야

농사 잘 짓자 하면서
까만 땅에 시커멓게
멍울 자국들만 무상타

인공지능

지능이 폭음을 일으켜
알갱이를 뿌려놓으며
본능을 위한 집짓기로
색깔 입히고 있다

자기가 흩어놓은
알갱이들이
넓게 퍼져나가는
거미줄 그물망처럼

울타리치고 다가와
거미줄로 그물처럼
매듭 묶기 한다
조각 맞추기로

지능은 인공조각가야
뇌파 조절하기 한다
알갱인 뇌파와 하나 되고
알갱이 색을 입는다

돼지

돼지가 좋아
돼지는 꿈꾸면
부자돼지
돼지 꿈꿔 봐

돼지 꿈꾸면
부자돼지만
돼지가
깨끗할 수 있을까

목욕시키면
깨끗해지지
아니 알아서
목욕해

진흙탕에서
돼지 몸 씻는다
돼지가
목욕을 한다

심술보

퉁 심술 한 번 튕겨볼까
누가 뭐라 하든
내가 튕겨버리는
심술 보따리

공중에 떠 있나
물속에 가라앉아있나
심술보 터지나 했는데
살만 뒤룩뒤룩 쪄야 한다나

살찐 돼지 심술 보따리
남아있네 터트려야 하는데
심술 보따리
욕심꾸러기 되여 뚱보 되었네

살 빠진 보따리도 있네
심술 보따리 찢어진 보따리
살 빠진 보따리
심보가 터졌다 웃다 죽겠다

초등 친구 2

속 원래 드러낼 수 없지
겉으로 드러난 현실에서
진솔한 그리움 나눌 수 있어

이국 땅에 있어도
옆에 있는 것 같고
인연이라는 연인이 되고

나에게는
세상이 좁은 것처럼 보이고
살아갈 날 소중하고
세상이 넓다 넓다 하나
나 지금 친구와
너 또한 친구와

존재하지 않는 그리움과
채워지지 않는 그리움과
그립고 그리워하는
친구가 있기에
진솔한 사랑 나눌 수 있어

초등 친구

전화 통화해도
가까운 사이로
눈에 들어오고

밥 먹고
소주 한잔해도
어린 시절 철부지로 만나

오래 떨어져 살았어도
함께했던 것 같아
어색함 없고 낯설지 않아

처음 봐도

좋아 좋아요
딸 결혼식장에서
처음 봐도
정겹게 다가오더라고
진짜 허물없더라
기억 한편에 있던
인연이었는데
이리도 반갑고
저리도 반가울까
내게 달려오고
내가 달려가고
지금부터 우정이
살아온 생활이 달라도
사랑을 알게 된다

감성 시

감성 시는 겉으로 드러난
내 마음이지요

마음으로 감추지 않고
숨기려 들지 않기에

진실되고
거짓말을 하지 않아 좋아요

시는
마음이라는 말씀

시심은
마음을 읊조린 사랑 듬뿍

친구가 부르네

오늘도 친구가 부르네
밥이나 같이 먹자고
내가 너희 집 앞에 갈 일이 있으니
밥 먹는 식구 하자고

고기가 먹고 싶으니
고기 집에서 만나자고
만나서 반갑고 고맙다
살아있기 때문에 더 좋고

건강하니 볼 수 있어 감사하네
자주 보며 살자
이제 만났네
보면 되지

감사하며 또 사랑하며
친구의 아름다운 삶
추억이 되니
즐겁고 행복한 시간 간직하자

달려

빠르게 달리는 게 좋아
느리게 달리는 게 좋아
빠르면 얼마나 빠르고
느리면 얼마나 느린데

빠르게 달렸다고
느리게 달렸다고
빠르게 달리는 건지
느리게 달리는 건지

이만치 달려왔고
저만치 멀어졌고
달리면 멀어지고
멀어지면 쫓아가

밑도 보이고
끝도 보이고
쫓고 쫓다가
달려 달려라

세월 낙엽 지고

낙엽결 따라간다
따라가는 게 좋아
혼자 따라갈 수 있고
같이 따라갈 수 있고

낙엽결 떨구운다
떨구는 게 좋지
떨어지는 낙엽
떨구어진 낙엽

세월 낙엽 지고
사랑 낙엽 되고
슬픔 아픔 고통 미움 낙엽 된다
낙엽결 돌고 있다

낙엽결 따라가게 해서 좋다
길에 산에 강에 낙엽 있고
혼자라도 함께라도 낙엽 된다
낙엽결 낙엽이다

구름 결

마구마구 달려들어
난데없이 몰려다녀
보이지 않아 숨어버렸어

구름 결은 방울 되어
물방울 결로 나왔다 숨었다
장난치며 놀아

숨바꼭질하는 결로
보여주고
하늘과 땅에 얼굴 내밀어

물방울로 태어나
뭉쳐 살고 흩어져 살며
채우고 비우고 하며 살아

하늘 결

하늘 하늘 하늘에 결이
높고 높게 자리 찾기 하는 결이
하얀결 검은결 푸른결을
파랗게 파랗게 파란결을

하늘이라는 숨겨놓은 색깔로
높이 높은 무지개결로
길을 열고 길을 닫고 여닫는 결이
하늘 하얗고 하늘 검고 하늘 푸른 파란결이

하늘결은 하늘하늘
하늘결은 높고 높게
하늘결을 색칠하는
바뀌고 바뀌어도 바뀌지 않는 결을

경제활동

인간이 살아가는 세상
돈으로 가치를 따지고 있지요
가치 있고 소중한 것이
가까이 있다는 걸 모르는 게 아니라
다른 것을 추구하기에 그렇지요
인간 사회에서 금전으로 경제 활동하지요
동물 본능
먹고 자고 싸고 숨 쉬는 숨결로
유전자 번식하면 만족하지요
인간은 이성을 가지고 있다 하면서
재물욕 욕망 쾌락 권력 본능이
다르다며 따로 숨결 느끼지요
돈이라는 가치로
인류이라는 이성을 만들어 놓고
유산을 자손에게 남기려는
욕심을 불러오지요
욕심이 경제 활동이라 하지요

그리움이라네요

그대 그대로 있나요
그러네요
숨결이 느껴오네요
숨결 고이 간직하고 있네요

그리움의 숨결이네요
도란도란 밤을 지키네요
환한 세상을 위해
불빛 노래가 불려지네요

노래의 숨결이
박자를 맞추네요
공동체 숨결이 보이고
들리고 있네요

그리움이라네요
숨결을 노래로 찾았네요
그대 그대로 있네요
숨결 고이 간직하고 있네요

울음

울음은
울림을
목구멍을 통해
떨림을 알리려 한다

지고 지순한 울음
감각기관의 공명 소리
떨고 떨어 울리는 울음
사랑을 쫓아가는 울림이다

울어야 본능을 승화하고
울음이 본능을 깨우치고
번식과 번성의 신호탄을
울음은 울림을 떨림으로

울음은
울림을
목구멍을 통해
떨림을 알리려 한다

먼지

먼지는 쌓이면 먼지가 되지만
흩어져도 먼지다

아침에 일어나 점심에 쌓이고
저녁에 흩어져 한밤중 먼지가
새벽에 쌓인다

마음의 먼지는
때를 가리지 않는다

마음에 먼지가 쌓이지 않기를
바라는 마음이다

힘

힘없어 보이고
흔들리는 듯하여도
꿋꿋하게 버티는 힘
야위고 말라 보여도
거칠 것 없는 힘
중심을 향해 우뚝
쏟아 오르는 태양의 힘
비실비실하게 보여도
흩어져 가는
흙먼지 같아도
육체와 영혼이 사는 힘

자연의 자연은

자연의 자연은
육체의 아름다움과 건강함에 있다
자연의 자연은
육체가 마음이라는 일체이기에 그렇다
자연의 자연은
마음이 깨끗할 때 육체의 건강함도 함께한다
자연의 자연은
마음과 육체가 순결하고 고귀함을 통해 비롯 되어진다
자연의 자연은 지향하는 방향이 하나이기에
육체와 마음은 한 모양으로 보여야 건강하다고 한다

희망과 용기

그렇지요
자기 최면을 걸면
아픈 것도 나을 수 있지요

뇌에게 명령을 하지요
낫으라고
면역력 강화되지요

아픈 것도
육체가 느끼게
명령하는 것은 뇌지요

육체가 아픈 것 아니지요
희망과 용기를 가지고
살아가기를 바랍니다

사람과 함께하고 싶어 한데요

독감이 인류의 역사에서
사람과 어울리기를 좋아했지요
코로나 - 19도
독감과 같이
사람과 함께하고 싶어 한데요
환경공해로 발생했으니까요
자연의 품으로
돌아가야 사라질 거예요

살아야지요

살아야지요
더불어 어울려 함께
살아남아야지요
산자와 죽은 이가
갈리어도 살아야지요
살아 숨 쉬는
순간만큼은
함께 하고 있어요

같은 길

살아온 날이 있기에
살아가고 있고
살아가기에
살아갈 날 기다리지요

모든 이들이
다른 길을 걸어온 거 같지만
같은 길을 가고 있고
행운과 행복이 찾아오지요

일 중독

중독이라고 삶의 길목에 있는 선물
중독이라고 일에 충실히 했을 뿐인데
일 중독이라 하고

밥벌이하기 위해 가족 먹여 살리기 위해
쳇바퀴 굴리며 돌돌돌 말아가는
규칙적인 일상을 일 중독이라 하네

험한 길을 그리 살아왔는데
먹고 살기 위해 일 중독을
나도 선물 받았어

숨

반대로 말해 거꾸로 말해

방해를 받아도 방어를 해버려

넘어지지 않을 지지대를 만들어

기대어 버려 채우려 했던 비우려 했던

모든 것도 욕심이고 어떤 것도 욕심이야

뒤도 보고 앞도 보고 가운데도 봐

뜻대로 하고 뜻한 바대로 갈 길 가는

숨이 차게 올라가 살아있음에 감사해

숨이 차올라도 숨 쉬고 있으니

살아있는 거야

가을비

돌덩이 짊어지고 바위 무게 느껴 봐
지게에 들쳐멘 돌 뭉치가 바위 되어
어깨를 눌러오니 살아가기 먹고살기
무겁게 느껴지나 봐

힘들다고 지쳐버리면
안 되지 안돼
소리 질러 힘들지 않다고
가벼워

등지게 무게가 구름을 수증기로 만드니
비가 되어 빗물 되고
가을비가 되어
촉촉이 내 등을 안아줘

숨바꼭질

외로움으로 숨바꼭질하고
눈동자 흔들리면 반짝인다

눈물방울 매달고
혼자라는 외로움은 그리움이다

사랑하기에
외로움은 그리움에 숨어 있다

알아채움

검은 곳 가운데에
반쪽만 보고 있지
어떤 시간의 반쪽이라 했던
하얀 곳이 맞은쪽에 있던
공간이 숨어 있지
가운데 두고 있어
반쪽만 보고
반쪽의 반
보지 않고 있던
귀가 멀고 눈이 멀고
보고 싶지 않았던
가운데 지나쳐
앞으로 뒤로
가운데로 몰려들고 있어
무엇이 있던

외로움

그리움이 사랑이라고
외로움이 호수를
가득 채운다고

구름이 색을 입고
붉게 하얗게 검게
모습을 바꾸고

사랑하는 마음
그리워하는 홀로서기
돌아보고 또 봐도

혼자라는 외로움
사랑하는 그리움이
차오르고 있고

돌아오지 않고

가방 둘러메고
학교 갔다 온다고
돌아온다 한다

골목 도는 건지
모퉁이를 도는 건지
돌고 도는 게 인생이다

학교 갔다 돌아온다
아침마다 인사하고
저녁에 집에 왔다

학교 다녀왔다고
인사도 했는데
돌아오지 않고 있다

학교 파하고 갔다던
아이가 오지 않기에
찾았다

아파트 옥상에서
친구들과 술 먹고 말다툼하다가
추락사

그 자리

흔들리면 흔들리는 거고
멈춰있으면 멈춰있는 거고
가고 있으면 가고 있는 거고
가는 대로 오는 대로
그 자리에 있으면서
자리바꿈만 하고
그네타기를 하고
시이소오를 타고
타고 오르내리기
위아래로 움직여
앞뒤로 움직여

결

결을 따라가야 하는데
결을 느낄 수 있어야 하는데
숨결은 터져 나오는 대로

물결은 흐르는 대로
나무결은 커온 대로
구름결은 가는 대로

하늘과 땅도 결이 있어
하늘결 천둥 번개 구름 하늘의 결
땅의 결 지진 화산 폭발 땅의 결
사람도 결이 있어
반성하고 속죄하는 결

성찰의 결이 있어
숨결로 돌려봐
결을 느낄 수 있을 거야

그 또한 그리움

편견을 가져봐야
좋을 게 없을 거야
한쪽으로 치우치면
무슨 가치 따질 수 있겠어

그저 바라보고 있어도 좋은데
그렇게 보고 싶은데
기쁨과 슬픔
그리움인데

내가 사랑한다고 했는데
내가 미워한다고 했는데
사랑과 미움
또, 그리움인데

울컥하는 마음
아련한 애틋함
쏟아지는 눈물
그 또한, 그리움인데

실패

성공과 실패는 양날의 칼
실패는 실을 엉키지 않게
성공은 실패 또 꼬지 않게

성공은 실패를 하고 또 해
정성을 다하여 완성돼야 해
실패는 성공 바라는 꿈

실패는 실을 감아 꼬이지 않아
실패는 실을 감아감아 돌려
정성을 다하여 완성되게 해

편견 없는 실패와 성공
한쪽으로 치우치지 않게
양날의 칼을 주거니 받거니

그냥 살지 말자

삐리삐리 하게 사는 거야
삐리삐리 하지 않게 사는 거야
야들야들하게 사는 거야
야들야들하지 않게 사는 거야

그냥 사는 거야
그냥 살지 않는 거야
삐리삐리 하게 살아
야들야들하게 살아

그냥 살지 말자
육체 영혼 건강하게 하고
그냥 살지 말자

비운다 채운다

비운다는 게 어떻게 비우는 거지
채운다는 게 무엇을 채우는 거지

비우면 채워야 하는 게 맞는 건가
물음표가 옳아 느낌표가 맞아

알 수 없어 의심만 가져야 해
내 마음 알 수 없어

어떻게 해야 슬픔도 기쁨도 함께하는 건가
무엇이 옳고 그른 건가

나를 찾아가는 행복 불행 어디 가서 찾아볼까
물음표 내 마음에 남아 있어
느낌표 내 마음에 남아 있어

달빛 사냥

달빛 사냥을 하러 나갔다
다시 돌아오고 말았다
지구별의 별빛이
달빛을 비추지 않게 한다
깜깜한 공간에 갇혀 있어
나올 길 없게 눈앞을 가리니
찾아갈 길 어둡다

지구별의 별빛 어두워 가고 있다
인공 불빛으로 밝히나 어둡다
불타는 태양을 화나게 하고 있다
지구별은 빛을 탄소가스로 뱉어
숨구멍을 질식하게 한다
지구별이 빛나나 인공 빛만 비추고 있다

달빛은 지구별에 가로막혀있다
지구를 향해 비추고자 하는 달의 뒤편
어두운 면만 보여준다
지구를 돌며 보여 주기 하려 하나
달빛의 빛깔 보여주고 싶어도
인공 빛에 멈칫멈칫 뒷걸음친다

달빛 사냥 어렵사리 할 수 있다
서글픈 마음 둥글게 테를 싸고
달빛 구경하고 싶다
못한다 못하게 한다
어두운 공간에 지구별은
초록별에서 회색별로
대기 오염되고 환경 파괴되어
빛을 잃는다

물줄기

회한의 강 모래 톱에 잔물결이 일렁이고
후회 없는 삶을 영욕의 세월에 묻고 가는 물줄기

고갯짓해도 상처 아물지 않고
슬픈 얼굴로 서러운 눈동자로 애꿎은 물줄기 됐다

통한의 물거품에 맺힌 한을 풀지 못해
흘러가는 물길을 보고 세월을 탄식한다

긴 여정의 짧은 추억들은 속절없는
상념과 회한으로
새털구름같이 깃털을 훌훌 털고 무심코 흘러간다

달밤지기

달밤에 개 짖는 소리
들려오면
늑대 울음소리인가
달빛 야광주인가

늑대의 후손 개가
사람 사는 마을에
내려오지 않고
달을 보고 짖고 있다

늑대 울음 소리 없고
개 짖음으로 들리는 것은
개 짖는 소리이기에
그러한가

보름달을 지키기 위해
달빛 사냥하는 들개
외로운 달과 고독한 들개는
눈빛과 달빛 야광으로 달밤지기한다

내가 가야 할 곳

칠흑 같은 어둠이 내려앉아

다리를 건너기 위해

불빛을 비추었다

두려움이 밀려왔다

신작로에 걸쳐진 다리

난간은 없다

마음의 등불이 밝혀졌을 때

비통함이 밀려왔다

욕망이 아니길 바라고 바랬다

갈망이 있기를 바라고 바랬다

다리에 발을 내디뎠다

내가 가야 할 곳이

어딘지 알기에

어차피 던져진 몸짓이기에

하늘과 땅과 사람이 만나

사랑이라는 그리움 된다

제목 : 내가 가야 할 곳
시낭송 : 최명자
스마트폰으로 QR 코드를 스캔하면
시낭송을 감상할 수 있습니다

보라!

울렁이는 가슴에
울컥하는 마음에
긴장하고 불안한 심정
울타리치고 가두려 한다

태양이 뜨겁게 달구어지고
바람이 세차게 휘몰아쳐도
땅 위의 생명들 흔들거리고
흔들거려도 버티고 있다

보라!
위대한 자연의 잉태가
웅장한 기운의 세계로
세상을 비추고 있으니
사람들 모여서 신나게
노래하고 춤추는 축제한다

보라!
하늘과 땅과 사람이
어울려 하나로 뭉쳐
기운을 뻗어가려니
산하와 초목들 사이
사람이 사람을 사랑한다

압축(壓軸)

이제사 말씀드리자면
좋은 게 있는데
그거보다 좋은 게
더 좋은 거라네
더 좋은 게 있다면
그거보다 좋은 게 있겠지요
그제사 말씀 올리자면
더더욱 좋은 거라네요
압축(壓軸)*하고 덧씌우니
좋은 게 점점 많아지네요
많으면 많을수록 좋으니
이보다 더 좋은 것
어리석은 물음으로
답을 찾아달라 하면
더 좋은 것
찾을 수 있을까요

* 압축(壓軸) : 하나의 시축(詩軸)에 실린 시 가운데서 가장 잘 지은 시.

아버지

아버지 아버지
속에서 끓어오른다
하늘 높이 땅을 딛고
길을 따라가도 애간장만 녹는다

내가 미처 몰랐던가
내가 사뭇 외면했던
아버지 아버지

아! 하고 소리치며
아버지가 바라보이는
강산을 건너 따라가려 한다

한 줌의 흙이 낙토가 되어
비석이 자리하고 있는
봉분 아버지 백골로 흩어져 있다

어리석은 자식 되었다
아버지 아버지
대성통곡을 하여도
따라오라 하지 않는다
나에게
잘 살아라 행복해라 하신다

혼자라도

급한 격랑이 치고 있는 거 알아
모를 거야
혼자 남겨진 느낌을
받아들일 수 없다
홀로 남겨진 외로움
그리움으로 남았다

사랑이라고 할까
내게 남아있는
한 톨의 쌀알 같다
사랑이 혼자라는 거야
알고 있지
홀로 있게 하는 사랑이지

작고 여린 행운이
나를 기다리고 있어
외로움 아닌
고독함 아닌
사랑이 나를 불러준다
나를 홀로 남겨둔다

혼자라도 괜찮아
홀로서기 하는 거야
사랑이 있기에
내가 혼자인 거야
홀로서기
혼자라도 괜찮아

계단

오르는 게 단계가 있어
무작정 오르는 게 아니야
폴짝폴짝 뛴다고
빨리 올라가는 게 아니야
다리가 길다고
학다리라고
두 계단 세 계단 올라도
단계를 밟고 있는 거야
먼저 오르는 게 좋을 수도 있고
나중 오르는 게 좋을 수도 있고
처음 출발은 달라도
나중 만날 수 있다네
오르는 계단의 끝은 있어
오르는 계단의 끝은 없어
영혼은 계단의 끝을 몰라
육신은 계단의 아래 알아
처음 출발은 달라
끝은 같아 만나게 돼
끝에서 만나게 돼

보는 게 달라

보는 게 달라
어떻게 보는가가 달라
건강하세
술 한 잔 하세
차 한 잔 하세
밥 먹는 식구 하세

코로나 -19 시국
독감 친구 같아
건강하세
술 한 잔 하세
밥 먹는 식구 하세

보이는 게 같아
독감과 코로나 - 19 같아
건강하세
술 한 잔 하세
밥 먹는 식구 하세
어떻게 보이든지

만나야지
얼굴 봐야지
친구라 좋지
건강하세
술 한 잔 하세
밥 먹는 식구 하세

그리운 사람

그리워하는
마음이 있어
사람을 그리워하는 마음
외로움에 젖어 있을 때
보고 싶어져

그립다
외로움이지
보고 싶다
사람을 보고 싶지
이곳에 없는 그리운 사람

눈물을 흘려도
슬픔이 가시지 않고
통곡을 하여도
시린 가슴 저며오니
보고 싶은 마음 가시질 않아

사진을 볼까
동영상을 볼까
그리워 보고 싶어
외로움을 달래줄
그리운 사람아

세척

깨끗하게 닦아야 해
찌들 대로 찌들어 있어
잘못된 많은 때 투성이

그게 뭔지 알아
양심과 도덕을 잃고
거짓으로 허투루 말하는

성찰과 반성의 때가 왔어
속죄하는 때야
바르게 살기 위해 닦아야 해

마음에 양심의 종을 달아
종소리가 울려 퍼지면
반성하고 속죄하는 거고

자화상

누가 내 얼굴을 그렸을까
그림이 그려져 있어
내가 그린 자화상이다

내가 그림을 그릴 줄 몰랐다
그림에 그려진 내 얼굴
내가 그린 자화상이다

자화상은 말을 하고 있었다
네가 나를 그렸다고
네가 그린 자화상이라고

자화상은 마음이 그린 거라고
그림에 그려진 내 마음
자화상은 내 마음이다

제목 : 자화상
시낭송 : 박영애
스마트폰으로 QR 코드를 스캔하면
시낭송을 감상할 수 있습니다

어느 날

문득 찾아온 어느 날
나에게 다가온 어느 날
너에게 갔다는 어느 날
그냥 이렇게 오고 간다는 어느 날
당황하지도 서두르지도 않는 어느 날
밖으로 돌아다니지 않았던 어느 날
방구석에 처박혀 있었던 어느 날
꿈결에 잠들어 있었던 어느 날
친구를 만났던 어느 날
잠시 잠깐 넋 놓고 있던 어느 날

어느 날 문득 찾아주고
어느 날 나에게 자유가 되어주었던
어느 날 너에게 평화가 되어주었던
어느 날 마냥 오고 가는
어느 날 우리는 만났어
어느 날 화해의 손잡고
어느 날 행복해 지면서
어느 날 자유롭게 날고
어느 날 평화를 외치고
어느 날 잠시 잠깐 넋 놓고 있어

연서

사랑하는 감정을 품었어
너를 사랑한다는 느낌이 좋아
편지를 썼어

연애편지라고나 할까
연서를 적은 거야
몰래 살짝

너에게 주고 싶은데
친구에게 부탁할까
아니면 너의 남동생에게 부탁할까

내가 연서를
너에게 전하고 싶은데
부끄러워

무늬

문양을 내기 위해
틀을 짜고 있어
무늬가 예쁘게 나오게 하려면
틀을 잘 짜야 해

무늬는 떡 살을 만들어
무늬는 한복을 만들어
무늬는 단풍을 만들어
무늬는 마음을 만들어

문양의 틀은 마음의 틀
곱고 예쁘게 아름다움을 가꾼다
예쁜 마음을 곱게곱게 만드는 무늬야

서투르게 틀을 만들면
마음의 무늬 서투르게 되고
바른 틀로 틀을 만들면
마음 무늬 바르게 되고

소중함

무엇이 소중한 줄 알아
금전이 많은 자본주의의 결과물
많으면 좋지만 소중하지 않지

무엇이 소중한 줄 모르는 거야
소유한다는 물질만능주의 물욕
많으면 많을수록 좋다고 하지만

소중한 것은 멀리멀리 있지 않아
가장 가까운 곳을 찾아봐
내가 건강한 게 가장 소중한 거야

무엇이 소중한 줄 알아
바로 내 몸 건강이 최고이니
건강하면 건강할수록 소중하다는 거지

부표

바다 위 고기잡이 배들이
그물을 치고
표식을 달았구나

파랑에 일렁이며
떠있는 부표
마음에도 들어와 있어

마음의 부표는
오욕칠정*을 담고
표식을 달고 있지

마음의 바다에 그물을 치니
슬픔도 있고 기쁨도 있고
부표로 떠돌고 있지

* 오욕(五慾) : 재물욕·색욕·식욕·명예욕·수면욕(睡眠慾)
* 칠정(七情) : 기쁨(喜)·노여움(怒)·슬픔(哀)·즐거움(樂)·사랑(愛)·
   미움(惡)·욕심(欲). 또는 기쁨·노여움·근심(憂)·생각(
   思)·슬픔(悲)·놀람(驚)·두려움(恐).

춘경

봄의 경치를 보고 싶어
밖을 내다보니
봄의 경치가 아니라 하니

사진 속에 있는
봄 경치로 갈음한다
마음에는 봄이 그리운데

가을이구나
시간이 이렇게
빨리 지나가는구나

봄의 경치 춘경은
사진 속에 남아 있어
나의 마음을 달래주네

연가(戀歌)

사랑 구하는 노래
동물의 본능을 알리는 노래
번식을 위해 부르는 노래
사랑타령 노래
연가라 하지

소음처럼 들리는 노래
더 크게
우렁차게 부르는 노래
사랑 찾는 짝 찾는 노래
연가라 하지

짝 부르는 노래
크게 울려 퍼지고
우렁차게 포효하는 노래
사랑하는 짝을 찾는 노래
연가라 하지

사랑하는 나의 짝이여
이제 어디에서 나오나
나를 찾아와 주면 좋겠어
어서 와주오 하는 노래
연가라 하지

오늘

맨날 오늘이야
내일은 오지 않아

허구한 날 오늘이야
내일 타령을 해도
내일은 오지 않고
오늘만 있어

어제도 있는데
어제는 오늘이 아냐
오늘을 바라보며
매일 오늘이야

맨날 오늘이야
어제는 오늘 아냐

안부

그냥 궁금해
소식을 알 수 없어서
소식을 알고 있어도

보지 못해
궁금하다는 거야
만나지 못하고 있기에

궁금하지
전화 통화를 해도
문자 연락을 해도

그냥 궁금해
화상 통화로 얼굴을 봐도
만나지 못하고 있기에

기쁨

작은 거 사소한 거
소중한 거야
멀리 있지 않아
내 곁에 있어

등잔 밑이 어둡지
웬 줄 알아
등잔 빛을
멀리 밝히기 위해서야

내 곁에 있는 작은 거
멀리멀리 퍼지는 거
가까워서 보지 못해
기쁨은 가까운 곳에 있어

작다고 사소하다고
깔보지 말라는 거지
마음의 문을 열면
기쁨이 보여

집짓기

꿈을 찾아 날개를 달아 볼까
깃털을 펼치고 벽을 쌓고 집 짓는다

내가 살 곳 내가 짓지 않고
다른 이들이 지어준다

번식 위해 집 짓는 동물인데
사람만이 번식 아닌 집을 짓는다

내가 살 곳 내가 짓지 않고
투자 가치로 집 지어준다

둥지

둥그렇게 아무렇게
자연스러우며 구조적으로 짜임새 있게
생존 본능의 집 만든다

알을 품기 위해 전신주 위에
생명 탄생 본능은 환경에 따르고 있다

종족 번식의 본능
산야를 찾지 못하고
빌딩 전신주에 있다

왜 하고 묻지만
달력에 그려진 산야는
보이지 않고
빌딩과 아파트에 집 만든다

길을 간다

둘레 둘레 위를 보고
서둘러 가다가
두리번 두리번
천천히 간다
길을 간다

보도블록이 있는 길
뚜벅이 되어
두리번거리며
둘레 둘레 희번덕 지게
바라본다

빌딩이 들어선
낯선 도시의 길을 간다
처음 오는 곳 아닌
낯선 곳
바라본다

빌딩을
아파트를
처음 온 곳 아닌데
낯선 거리 되어 있는
길을 간다

길 위에서

앞으로 내딛는 발
뒤따라오는 발
오른발 앞으로
왼발 앞으로
길을 걷는다

내가 걸을 수 있다는
내가 살아 있다는
발자국이다

그림자가 아니라는
몸짓 부르는
발자국이다

살아있음을 부여하는
살아감을 느낄 수 있는
살아가기를 부여안고 가는
몸짓으로 부르는
발자국이다

도서관 종이책

서가에 책이 꽂혀있지
내가 서가에 책을 배가했지
서가에 분류된 책
내가 정리했지
도서관 서가에 꽂힌 책
찾을 때
책을 찾아주었지
뿌듯했지
도서관을 찾아오는
책을 읽는 시대에
도서관에 근무했었지
아날로그 도서관에서
전산화 작업을 하던 시절
추억의 책장으로 흩어지고
날개 달고 사라졌지
책을 읽지 않아
전자책
스마트폰으로 보네
도서관 종이책
거리 두기를 한다나

만남

이루어져야 하는 사랑이 있다면
이루어지고

이별하는 사랑이 있다면
이별을 하고

사랑은 만남
이별도 만남

이루어지지 않는 사랑
이루어지는 사랑

사랑은 만남과 이별로
이루어지지 않고 이루어지지

타박

타박 주기를 밥 먹듯이 한다

아침 점심 저녁 밥 먹을 때마다

타박을 하니 나는 밥맛도 없다

대신 나는 반찬 타박을 한다

공부를 하라고 나에게 타박을 하고

좋은 친구 사귀라고 타박을 하고

학원에 가라고 타박을 해도

내친김에 나는 반찬 타박을 한다

반찬이 이게 뭐냐고

내가 염소냐고

고기를 먹어야

힘이 날 거라고

힘이 나야 공부도 한다고

고기 먹자

반찬 타박을 한다

따로따로

아픔
홀로 남는다는 아픔
내 곁을 말없이 떠나
내가 홀로 남겨진다

고통
같은 뜻을 가져올까
나에게 따라붙는 수식어 꾸밈말
내가 고독과 가까워지고 있다

슬픔
살아온 날 추억하는 가슴 시린 날
살아갈 날 시간 낭비 미리 엿보는
지금 살아 있다는 실체는 외면한다

비애
눈물을 흘리며 나를 자학하는 시공간
방에 드러누워 천장만 멀뚱멀뚱 희번덕
눈동자에 이슬이 맺히는 아주 아주 혼자된다

아픔 고통 슬픔 비애 홀로된 만남
에고(ego)를 찾아 떠나던 날
내 안에 있다 가까이에 있다
영과 혼이 몸이라는 셋이 하나였다

탈출하였다고 깨달았을 순간에
탈출 아닌 이탈이 되어 있다
유체와 유혼과 유령이
홀로 가까이 있다
따로따로 혼자다

동그라미

돈 권력 명예
머니 머니해도 머니가 젤 좋아
뭐니 뭐니 해도 권력이 젤 좋아
메야 메야 해도 명예가 젤 좋아

돈 권력 명예 한 번에 삼각점 꼭지
따로 따로 정상을 지키고 있다는 점
삼각은 안정을 쫓아 따로인데
가치 추구가 같아 다르더라도 하나로 됨

하나로 만들려 드니 서로 싸우고
네가 잘났다 아니다 내가 더 잘났다
어우러지는 하나로 모이는 공평한 가치
둥글게 살아가기 모나지 않은 동그라미

함께 산다

아버지라고 부른다 지금은 내게 아버지가 내 안에 계
신다 가슴에 묻어 두고 있다 유전자라는 육체와 혼이
라는 흔적을 준 아버지가 있고 영으로 나를 이끌어 주
는 아버지가 있다

혼육를 남긴 아버지는 고향 선산에 모셨다. 혼의 세
상에 잘 살고 계신다. 일 년에 한 번 두 번 세 번 네 번
집에 찾아오신다 한 번은 우리 가족들이 찾아뵙는다
영이 당신의 아버지와 함께 살고 있다

혼은 땅에 묻혀고

영은 영원한 생명을 구하였고

영은 아버지의 아버지와 함께 산다

오늘은 다르다

연탄을 갈고 밥을 짓고 반찬을 찬장에서 꺼내어 밥상을 차린다 어머니가 외가집에 친정 일로 간 날 아버지는 출근 준비를 하기도 전에 도시락도 싸주었다 내 머리에 안착하고 있는 덩어리 기억이 내게 전해주는 작은 조각 맞추기다 나는 처음 보았다 아버지가 밥도 할 수 있구나 밥과 도시락 반찬은 언제나 어머니가 하는 거라 알았다 오늘은 다르다 아버지가 부엌에서 덜그럭 덜그럭 하신다

상 자식

자랑하고 싶었던 게지 울 아버지는 장남이고 양자로 내려 온 집에서 적자로 태어난 최초의 씨앗이다. 그리고 내가 그 대를 이었다. 아버지는 나를 자랑거리로 알리려 애쓰셨다. 적자 중의 적자가 태어난 거랄까 어디를 가든 친척 집에 갈 때도 나를 데리고 갔다 나를 잊지 않게 하려는 아버지의 노력이다. 가문의 대를 이어갈 자식 중의 상 자식이다. 손자도 그랬다.

거울

기대고 낮추고 숙이고 고개를 기웃거리며 옆으로 앞으로 들여다보고 있어 내가 모르는 낯선 얼굴이 보이고 이제 꿈에서 깨어난 줄 알았는데 아직 꿈속에 갇혀 있어 막장 같은 어둠에 흐릿한 한 줄기 빛을 밝히고 있었지 내 눈동자가 빛을 뿜어내고 있었다 동그란 굴에 갇혀있다고 생각하였는데 내 얼굴이 포로가 되어 수용소에 있는 줄 알았는데 거울이 햇볕을 통해 눈부시게 되자 놀라 도망쳐 나왔어 거울에서 해방된 거야 내가 눈을 감고 거울을 들여다보다 살짝 새 눈을 떴다 하는 꿈에서 번쩍 눈을 뜨자 햇살이 눈부셔 눈을 떴다는 거야 꿈에서 현실 세계로 잠들었다 일어난 깨어난 현실 세계

담을 쌓다

가로막고 있어 막혀있어 가두어 두고 있어 벽이야 부딪혀 보자 막다른 골목에 벽으로 둘러싸고 있는 거야 갇혀 사는 걸 좋아해 누가 가둬 두려고 하지도 않아 스스로 가두고 있어 마음의 감옥 살기를 하고 있어 삶을 가두기를 좋아하나 봐 눈코 뜰 새 없이 바쁘게 살아야 하기에 가두어 두고 있는 게 숨 쉬고 숨 가쁘게 세상을 돌게 하는 회전판이 돼가는 것인가 하늘을 볼 수 없어 높은 담으로 벽을 쌓고 있어 투명한 하늘은 없어 불투명한 벽에 둘러싸여 틈바구니를 빠져나오려 발버둥 거려 서로 의지하고 나누고 배려하는 살이를 하고 살기도 짧을 시간이 평행선을 긋고 있어 그런데 아귀다툼을 벽으로 담으로 쌓아 바벨을 들어 올리고 힘만 들게 하나 봐 힘들게 안 할 수 있는데 스스로 힘들게 하면서 힘들어 힘들어 못 살겠네 끙끙거리는 않는 소리를 하고 있다

지나가 버려

녹화(錄畵) 되지 않는 생명의 꿈틀거림을 보고 있어
한번 보면 지나가 버려 두 번 볼 수 없는 광경을 선물
로 주고 그냥 지나가 버려 꿈을 꾸고 사는 사람들이
도시와 농어촌을 수두룩하게 몰려왔다 몰려가는 몰
려다니는 기이한 광경이 펼쳐지고 있는 것이 아닌가
수상하고 기이한 풍경을 보이고 있어 사람들이 꾸역
꾸역 몰려다니면서 삶을 누리는 길이 다 달라 보여 똑
같은 일을 하면서도 다 하는 방법이 달라 눈으로 보고
있어 서로를 곁눈질하면서 선물 받은 것들로 만족하
지 못하고 몰려다니면서 하나라도 더 가져가려고 눈
알을 두리번거리고 그냥 지나가 버려

돼지가 되었어

돼지가 되었어 돼지가 되니 나보고 돈이라고 불러 사람들이 돈아 돈아 복도 많아 돼지가 복덩어리야 하는 거야 어젯밤에 돼지꿈을 꿨다나 뭐라나 재물이 확 들어 온다나 부자가 된다고 하더라고 돼지가 된 나는 우쭐해지더라고 내가 좋은 복을 주었다는 게 얼마나 신나는 일이야

돼지 신체 장기가 사람과 거의 일치한다고 하데 나를 무슨 장기 이식 수술에 이식하는데 실험을 많이 한다고 하는 소문은 들어 봤어 근데 그게 사실이더라 그런데 왜 내가 슬퍼지지 내가 살아 있어 생명을 유지해야 하는데 나를 죽여서 사람을 살린다는 거야 참 어찌 보면 내가 죽어가는 사람의 생명을 살린다고 자랑스러워하는데 나는 죽어야 해 난 살고 싶어

도축장이래 나의 신체를 갈갈이 해체하는 곳이지 특수 부위라고 나를 내 몸을 칼로 난도질을 하네 나는 피를 말릴 시간도 없이 세척장에서 목욕을 시켜주네 그래도 완전체가 좋은데 해체된 몸을 씻어주고 있어

제사 전 날

제사상을 차리기 위해 분주히 움직이고 있다
한편에서는 전을 부치고
한쪽에서는 밤을 까고

바쁜 손놀림에 기름 냄새가 입맛을 다시게 한다
전을 팬에 올려놓고 하나씩 부침을 하고
과일도 깎고 밤도 깎고

축문도 쓰고 지방도 쓴다
제삿날 할아버지 할머니 두 분을 나란히 만난다
나는 증조할아버지 증조할머니를 본 적이 없다 남겨
진 사진도 없다
제사 전 날 제사상을 차리기 위한 전야제를 한다

욕심

탐욕은 잠시 머물다 가는 것이라고 한다. 무엇이 잠시 머물고 가는 것인지 이것이 욕심인지 내가 다 가지고 싶어 하는 마음이 있는데 지금 이 자리에 욕심을 가지고 있는데 무엇을 따라가고 어떻게 욕심을 버린단 말이냐 나는 내가 하고 싶고 내가 갖고 싶은 거 갖고 싶다 이게 욕심이라고 해도 내 마음은 어디에 두고 있다는 것인가 서두르고 싶지는 않다 어차피 유혹을 피하면 되는 거니 내가 사랑하고 내가 배려하고 베풀면 욕심은 사라지지 않을까 하는 마음

노인이 되어

너 여기에서 무얼 찾고 있니 나 지금 저기에는 또 다른 무엇이 있을 거 같아서 그 길을 따라 걸어가고 뛰어가고 가다 지치면 쉬었다 다시 걷고 하고 있어

나 가는 길에 하고 싶은 것 갖고 싶은 것 찾았는데 건강은 다 해치고 돈은 돈대로 못 벌었어 이렇게 내가 갖고 싶어 하던 것 돈도 못 벌어 놓아서 나이 들고 늙어가는 모습에서 처량하고 가난한 노인이 되어가는 것은 아닌가

이럴 줄 몰랐지 그냥 잘나가는 것으로 알았는데 모아놓은 것이 없으니 자식도 부모도 친척도 다 소용없어지는 거야 내가 돈이 많았으면 노인이 되어 구박을 받지 않았지 않을까 하는 생각 무던히도 들지

감사하는 마음

감사하는 마음은 또 무어야 내가 나에게 감사해하고 있어 우선 감사하는 마음은 내 마음이 건강하고 내 자신 육체가 건강하게 안녕하고 있다는 거지 뿌리는 항상 감사함에 두고 있어 사람이 됨을 알게 되니까

동물원 구경

동물원에 갔어 그냥 걸었어 동물들의 우리를 따라 정해진 진입로에서 따라가라는 화살표 안내판을 뒤로 밀고 밀면서 앞으로 갔어 한 바퀴 다 돌고 나니 동물들의 사육장을 다 돌았어 동물원 순례길을 산책로를 따라 걷고 걸어 다 돌았어 다리가 아프다 아이는 좋다 하거늘 나는 피곤하고 지쳐가는 마음과 육덩어리 나도 내 아이만 했을 때는 저랬는데 하는 한켠의 묵직한 뭉클함이

조종하지 못해

마음을 몰라
몸도 말을 안 들어
마음대로 내가
내 육신을 조종하지 못해
젊음과 노인의 마음을 가진
내가 가지고 있는 전부가 되었어
어제는 안 그랬는데
오늘이 오니 그러네
내일은 더 하겠지

신호

스산하게 불어
담벼락을 거칠게 때리고
돌아가는 바람이 된다

아주 격한 바람이
벌거벗긴 연인을
핥고 가는 바람이 된다

신호를 보낸다
파도가 치고 바람이 불고
생명이 탄생한다

하늘과 땅과 사람이
우주에 손과 발을 들여놓는다
새벽 별 반짝이고

해와 달이
공전과 자전을 하면서
은하계의 바다 속에 잠겨있다

고요한 침묵이 돌변하며
별똥 별이
지구로 돌진한다

별은
태양을 향해 손짓한다
손을 들어 올리고 흔든다

해가 빛을 비추어
따뜻하게 안아주어

별이
별빛을 잉태하고 길러
반짝반짝 신호를 보낸다

떠나가라

가라고 한다 어디로 가라고 하는지 알려주지도 않으
면서 무작정 가라고 한다 따라가면 알겠지 하는 마음
으로 따라갔다 가라는 대로 따라갔다 이런 실수로다
나의 잘못된 판단으로 꿈의 바다에 떨어지고 있다 몽
롱한 정신 줄이 길게 내려가고 있다 이게 섞은 동아줄
일 줄이야 환경오염으로 고칠 수 없는 지구별의 썩어
가는 것을 떠나가라는 거였는데 나는 오히려 지구별
깊은 오염된 산과 바다에 내 몸을 던진 것이다 떠났어
야 하는데 하는 후회를 해보아도 두려워지는 시간이
오히려 가까이 오고 있다

마음의 흉터

겉으로 드러난 상처인 흉터는
보기 싫어도
아물어 아픔을 잊게 하지만

마음의 흉터인 상심은
보이지 않아도
아물지 않고
가슴속 깊은 곳에 남아

내 살아생전
영원히 묻어 두고
살아야 하기에

아픔이 보이지 않는다고
아프지 않은 것 아니라
아픔이 더 크게 남아
내 마음 속 깊이 남아

세상을 더럽힌 죄

주님!
죄인을 용서하소서
은총을
저 버린 죄 용서를 간구합니다

주님!
지구 별을 온몸으로
거부하여
환경을 파괴하였습니다

주님!
주님이 창조한 세상을
오염으로 덮어
주님의 뜻에 따르지 않았습니다

주님!
용서하시고
죄를 사하여 주소서
다시 사탄의 유혹에 빠지지 않게

주님!
주님이 창조한
세상을 더럽힌 죄
용서를 구하오니 죄를 사하여 주옵소서

가스라이팅

누가 나를 조종하고 있는가 내가 내 마음이 나를 조종하는 조종사가 되어야 하는 거 아닐까 그런데 내가 내 마음이 나를 조종하는 것 같지 않아 내가 운전석에 앉아 있다는 느낌이 없어 나는 조수석에 앉아 있는 거야 자기 멋대로 나를 이리저리 태우고 다니고 있는 거야 나는 내가 가고 싶은 곳으로 못가 내가 가기 싫다 해도 나를 운전석에 앉은 놈이 나를 자기 마음대로 데리고 다녀

신비 글자

같은 말 같은 의미의 글자 나열이 뒷 배경 화면으로 실루엣 되어 내 뒤통수를 스물스물 기어간다. 글자 덩어리의 의미가 뱀이 담장을 넘어가듯 기어가고 있다 천지인 신비 글자 한글 과학적이고 체계적인 문자 한글 둘이나 셋이 하나 되어야 그 의미를 상징화하는 그림이 문자 되어 있다 다른 외국어에 이러한 하늘 땅 사람을 상징하는 문자 체계가 없다 한다 능글맞은 뱀처럼 자기를 용이라 뽐내지 않고 스물스물 세계로 가는 담장을 넘어가고 있다

지금 여기에

강한 것은 나를 제대로 보는 거지 약한 것은 내가 가
지고 있는 제대로 보지 않는 거야 강한 거칠 것 없는
나를 제대로 찾아가는 길을 인생길이라고 하지 사람
이 살아가고 살아 있는 지금이라는 것 여기에 지금
이 있다는 것 우리의 생을 우리의 삶을 살아가는 지
금 여기에 있을 때 나의 인생 여정은 목표를 향해 가
는 것이야

곰팡이

아파트 베란다 샤시에 실리콘을 쏘아 놓았다 유리창을 지탱하기 위해 샤시와 밀착을 한 것이다. 문제는 여기에 살겠다고 삐져나오는 놈들에게 있다 작은 점인 거 같은데 점은 아니고 요것들이 무리를 지어 시커멓게 뽀얀 실리콘을 점령하고 있다 나는 인터넷을 검색하여 이것을 제거하는 방법을 찾았다 여러 가지 방법이 제시되고 있었으나 결과는 그때그때 환경에 따라 달라 효과가 있다는 방법이 제각각이다. 곰팡이도 살겠다고 생존 법칙을 만들고 있다

창틀 곰팡이

오해는 하지 말아야겠다, 창틀에 먼지가 쌓이고 창틀
에 곰팡이가 더부살이하고 있다 먼지야 밖에서 날아
들어 온다고 하지만 창틀을 점령하고 무단으로 점유
권을 행사하고 있는 이놈들은 어디서 쫓겨났기에 우
리 집의 창틀에 몰래 숨어들어온 것인지

살아 있다

송근주 제3시집

2022년 3월 10일 초판 1쇄
2022년 3월 15일 발행
지 은 이 : 송근주
펴 낸 이 : 김락호
디자인 편집 : 이은희
기 획 : 시사랑음악사랑
연 락 처 : 1899-1341
홈페이지 주소 : www.poemmusic.net
E-Mail : poemarts@hanmail.net

정가 : 12,000원
ISBN : 979-11-6284-344-4